MAY 1 0 2017

W9-AFP-200

SPRINGDALE PUBLIC LIBRARY
405 S. Pleasant
Springdale, AR 72764

YO ME LLAMO TEA, ¿Y TÚ?

Puede consultar nuestro catálogo en
www.picarona.net

TEA. ¿Qué hago si me aburro?
Texto e ilustraciones: *Silvia Serreli*

1.ª edición: septiembre de 2016

Título original: Tea. *Cosa faccio se mi annoio?*

Traducción: *Lorenzo Fasanini*
Maquetación: *Isabel Estrada*
Corrección: *M.ª Ángeles Olivera*

© 2014, Giunti Editore S.p.A., Firenze-Milano, Italia
www.giunti.it
© 2016, Ediciones Obelisco, S. L.
www.edicionesobelisco.com
(Reservados los derechos para la lengua española)

Edita: Picarona, sello infantil de Ediciones Obelisco, S. L.
Pere IV, 78 (Edif. Pedro IV) 3.ª planta 5.ª puerta
08005 Barcelona - España
Tel. 93 309 85 25 - Fax 93 309 85 23
E-mail: picarona@picarona.net

ISBN: 978-84-16648-61-0
Depósito Legal: B-13.718-2016

Printed in India

Reservados todos los derechos. Ninguna parte de esta publicación, incluido el diseño
de la cubierta, puede ser reproducida, almacenada, transmitida o utilizada en manera
alguna por ningún medio, ya sea electrónico, químico, mecánico, óptico, de grabación
o electrográfico, sin el previo consentimiento por escrito del editor. Diríjase a CEDRO
(Centro Español de Derechos Reprográficos, www.cedro.org) si necesita
fotocopiar o escanear algún fragmento de esta obra.

SiLViA SERRELi

¿QUÉ HAGO Si ME ABURRo?

SPRINGDALE PUBLIC LIBRARY
405 S. Pleasant
Springdale, AR 72764

HOY LA ABUELA MATILDE RECOGERÁ A TEA
EN LA ESCUELA: ELLA SE ENCARGARÁ DE LLEVARLA
A CLASE DE YUDO.

—¡HOLA, PEQUEÑINA! —DICE LA ABUELA ABRAZÁNDOLA
A LA SALIDA DE LA ESCUELA—. ACABAN DE LLAMARME
DEL GIMNASIO: EL MAESTRO ESTÁ CON GRIPE,
POR LO TANTO, LA CLASE DE HOY QUEDA ANULADA.

—Y ENTONCES, ¿QUÉ VAMOS A HACER? —PREGUNTA TEA.

—PAPÁ Y MAMÁ AÚN NO ESTÁN EN CASA, MATÍAS ESTÁ
CON LA ABUELA ENRIQUETA Y TÚ VENDRÁS A CASA
CONMIGO. EL ABUELO VASCO NO ESTÁ, PERO
VENDRÁ MÁS TARDE.

LA ABUELA MATILDE Y EL ABUELO VASCO SON LOS PADRES DEL PAPÁ DE TEA.

VIVEN EN LAS AFUERAS DE LA CIUDAD Y TIENEN UNA CASA CON UN GRAN JARDÍN Y UN PEQUEÑO HUERTO.

CUANDO LLEGA A LA CASA DE LA ABUELA, TEA SE SIENTA EN EL SOFÁ Y PONE LA TELEVISIÓN, UN APARATO VIEJO Y MUY PEQUEÑO.

—¡ABUELA, EN TU TELE NO SE VE EL CANAL DE DIBUJOS ANIMADOS! —SE QUEJA TEA.

—¡TIENES RAZÓN, PEQUEÑA! —DICE LA ABUELA.

—YA SABES QUE AL ABUELO Y A MÍ SÓLO NOS INTERESAN TRES CANALES: EL DE LAS NOTICIAS, EL DEL FÚTBOL Y EL DE MI TELENOVELA PREFERIDA…

—¿Y TIENES ORDENADOR? —PREGUNTA TEA, CON LA
ESPERANZA DE AL MENOS PODER JUGAR CON SUS
JUEGOS PREFERIDOS.

LA ABUELA SE ECHA A REÍR.

—¿UN ORDENADOR?

¡SI NI SIQUIERA TENGO LAVAVAJILLAS, IMAGÍNATE! SÓLO
TENGO EL ROBOT DE COCINA:
¡ME LO REGALÓ EL ABUELO PARA SAN VALENTÍN!

—¡UF, ABUELA, YO ME ABURRO! ¡EN TU CASA NO HAY NADA QUE HACER! —GRITA TEA.

—¡NO SÓLO PUEDE UNO DIVERTIRSE CON LA TELE Y EL ORDENADOR! VE AL JARDÍN Y MIRA A TU ALREDEDOR: ¡DESCUBRIRÁS MUCHAS COSAS INTERESANTES PARA VER Y HACER!

TEA NO ESTÁ CONVENCIDA EN ABSOLUTO, PERO SIGUE EL CONSEJO DE LA ABUELA.

«QUÉ ABURRIDO…», PIENSA MIRANDO HACIA ARRIBA.

«QUÉ ABURRIDO…», GRUÑE MIRANDO HACIA ABAJO.

Y ENTONCES, DE REPENTE, SE DA CUENTA DE QUE HAY UN GRAN MOVIMIENTO JUSTO ALREDEDOR DE SUS PIES: SON HORMIGAS QUE ENTRAN Y SALEN DE UN MONTONCITO DE TIERRA.

—¡HOLA HORMIGAS! —LAS SALUDA TEA PONIÉNDOSE
EN CUCLILLAS.

LAS HORMIGAS SE MUEVEN ORDENADAMENTE
UNA DETRÁS DE OTRA, FORMANDO UNA HILERA,
Y DE VEZ EN CUANDO ALGUNA DE ELLAS CARGA
CON UNA MIGUITA O UNA PEQUEÑA SEMILLA.

—LO ESTÁIS LLEVANDO TODO AL HORMIGUERO PARA
GUARDAR TODAS LAS PROVISIONES PARA EL INVIERNO,
¿VERDAD?

TEA YA SABE LA RESPUESTA: LO APRENDIÓ EN LA ESCUELA.

—¡YO OS AYUDO! —EXCLAMA, Y ENTRANDO DE NUEVO EN CASA TOMA UNA GALLETA DE LA DESPENSA DE LA ABUELA. SE COME LA MITAD Y DESMENUZA LA OTRA CERCA DE LAS HORMIGAS.

DE INMEDIATO, SE INQUIETAN Y SE DESBANDAN, PERO LUEGO CADA UNA RECOGE UNA MIGUITA Y SE LA LLEVA AL HORMIGUERO.

¡MISIÓN CUMPLIDA!

SPRINGDALE PUBLIC LIBRARY
405 S. Pleasant
Springdale, AR 72764

TEA SIGUE ADELANTE CON SU PASEO POR EL JARDÍN Y HACE OTRO DESCUBRIMIENTO: UNA ARAÑA TEJE SU TELARAÑA ENTRE LAS RAMAS DEL LIMONERO.

«¡LAS ARAÑAS NO ME GUSTAN!», PIENSA.

A PESAR DE TODO, SE QUEDA OBSERVÁNDOLA, FASCINADA: ¡ES TAN MINUCIOSA!

–¡QUÉ BUENA ERES! –COMENTA–. SI TE GUSTARAN LAS GALLETAS, TE DARÍA UN POCO A TI TAMBIÉN, ¡PERO TÚ SÓLO COMES INSECTOS!

MIENTRAS TANTO, EL ABUELO YA HA VUELTO A CASA.

—¡HOLA, TEA! —LA SALUDA, DIRIGIÉNDOSE ENSEGUIDA
AL ALMACÉN DE LAS HERRAMIENTAS: ESTÁ ARREGLANDO
LA BICICLETA DE LA ABUELA.

—¿TE APETECE AYUDARME? —PREGUNTA.

—¡SÍ! —CONTESTA TEA ENCANTADA.

—¡AGUANTA AQUÍ, PARA QUE YO PUEDA CENTRAR
LA RUEDA!

EL ALMACÉN DEL ABUELO ESTÁ LLENO DE OBJETOS INTERESANTES: HAY BOTES CON TORNILLOS, TUERCAS Y CLAVOS DE TODAS LAS MEDIDAS.

EN LA PARED HAY ALICATES, TENAZAS, MARTILLOS, DESTORNILLADORES Y LLAVES INGLESAS.

—¿PARA QUÉ SIRVE ESTO? —PREGUNTA TEA SIN PARAR—. ¿Y ESO?

CON PACIENCIA, EL ABUELO LE ENSEÑA CÓMO SE USA CADA HERRAMIENTA.

CUANDO VUELVE A ENTRAR EN CASA, TEA ENCUENTRA
A LA ABUELA PREPARANDO UN BIZCOCHO DE YOGUR.

—¿ME ECHAS UNA MANO? —LE PREGUNTA A LA NIETA.

—¡SÍ! —CONTESTA TEA—. ¿QUÉ TENGO QUE HACER?

—¡TE ENSEÑO CÓMO SE SEPARA LA CLARA DE LA YEMA!

TEA SABE QUE ES DIFÍCIL, PERO SE PONE A ELLO
DE BUENA GANA: ¡AL SEGUNDO INTENTO YA LO HA
APRENDIDO!

DE REPENTE TOCAN EL TIMBRE: *¡DING DONG!*

ES EL PAPÁ DE TEA, QUE HA VENIDO A RECOGERLA.

—¿YA ESTÁS AQUÍ? —REFUNFUÑA TEA.

—¿QUIERES QUE ME VAYA? —PREGUNTA SU PAPÁ, DESILUSIONADO.

EN EL AUTOMÓVIL, MIENTRAS DISFRUTA DEL DULCE,
TEA LE EXPLICA LO QUE HA HECHO DURANTE EL DÍA:

—SABES, PAPÁ, ME HE HECHO AMIGA DE LAS HORMIGAS
Y HEMOS COMPARTIDO UNA GALLETA. DESPUÉS HE VISTO
UNA ARAÑA QUE TEJÍA SU TELARAÑA, PERO A ELLA NO LE
HE DADO GALLETA PORQUE SÉ QUE NO LE GUSTA…

—LUEGO EL ABUELO ME HA ENSEÑADO PARA QUÉ SIRVEN LAS TENAZAS Y LAS LLAVES INGLESAS… ¡Y LA ABUELA ME HA DICHO CÓMO SEPARAR LAS CLARAS Y LAS YEMAS!

—¡BUENO, HOY NO TE HAS ABURRIDO EN ABSOLUTO! —COMENTA PAPÁ.

TEA SONRÍE DE OREJA A OREJA Y LUEGO EXCLAMA:

—¡NO, ME LO HE PASADO GENIAL!

TEA

OTROS TÍTULOS